名人堂

系列 主编 中岛 陈树照

一清·著

妈妈的旗

文汇出版社

图书在版编目（ＣＩＰ）数据

妈妈的旗/一清著. -- 上海：文汇出版社，
2017.9
（《名人堂》系列/中岛，陈树照主编）
ISBN 978-7-5496-2311-2

Ⅰ．①妈… Ⅱ．①一… Ⅲ．①诗集—中国—当代
Ⅳ．①I227

中国版本图书馆CIP数据核字（2017）第216759号

妈妈的旗

著　者 / 一　清
责任编辑 / 熊　勇
特约编辑 / 吴雪琴　于金琳　季天乐
策　划 / 任喜霞　索新怡　崔时雨
装帧设计 / 蒲伟生

出版发行 / 文匯出版社
　　　　　上海市威海路755号
　　　　　（邮政编码200041）
印刷装订 / 大厂回族自治县聚鑫印刷有限责任公司
版　次 / 2017年11月第1版
印　次 / 2017年11月第1次印刷
开　本 / 880×1230　1/32
字　数 / 120千
印　张 / 7

ISBN 978-7-5496-2311-2
定　价 / 39.00元

· 总序 ·

新诗的变革时代已经到来

中 岛

博客中国"2017中国诗歌助力计划"必将成为中国新诗历史上最具影响力的诗歌事件，诗人《名人堂》系列的宏大，也必将与"中国诗歌助力计划"一道，对中国新诗发展历程产生深远的影响。这是一项前所未有的浩大的中国新诗呈现工程，它的价值在于突破诗歌环境的层层壁垒，让诗歌的"霸权主义"，诗人的"墙体主义"，诗歌的"老人脸色"不再影响和左右诗坛；诗歌不仅是思想灵魂的载体，也是人格的化身，那些以"霸占"诗歌资源，"一手遮天"道貌岸然的诗歌刽子手的时代已一去不复返了，新诗的旧时代已经过去，新诗的变革时代已经到来！

这是诗歌精神力量所致。

中国诗歌经历了漫长的发展与演变过程。无论是最早的古歌谣还是辉煌鼎盛时代的大唐诗歌，以及现当代的白话诗、口语诗，诗歌的进程都与当时的人文时代环境与变迁有着密不可分的关系，它不仅是中国文明发展历史的重要记录，更是创造与开拓生命与文化价值体系的重要组成部分。

尽管今天在多数人看来，诗歌已经辉煌不再，甚至是不值得一提，但是，如果再过去一百年二百年，诗歌的价值和重要性依然熠熠生辉，就如我们当今孩子们在成长中的教育培养缺不了诗歌一样，你生存与成长的土壤，都无法逃避诗歌对你的熏陶与影响，必不可少的与诗歌进行着"亲密接触"，因为它必定在潜移默化的为你和社会提供着一种精神和语言创新的帮助，它丰富语言体系的功能与生俱来，它承载与创造的精神生命永不停止。

从文言文到白话文的演变，是中国文化的一次非常重要的历史性变革，它几乎影响了昨天、今天和未来所有的中国人，影响着世界文明的进程。

每个时代的文化变革，诗歌的作用举足轻重，都起了领航的关键作用。中国现当代诗歌的发展是伴随着中国人文精神觉醒开始的，它可以说是中国五四运动的号角，是开启中国新时代的钥匙。这样的颠覆性的文字与精神"革命"，其价值是不言而喻的，而这样变革的领导者必定缺不了诗歌这样一种表达形式。

诗歌的意义更在于是推动人类文明进步的力量。

从1917年2月开始，中国的诗歌在改变着中国人的文化推动方式，其发生与发展影响至今，从胡适在《新青年》发表了《白话诗八首》开始，中国现当代诗歌就进入了一种全新的时代，中国的文化也进入了全新的时代，这是一个标志性的时代，而这一开始就注定改变中国和中国人的命运。

中国诗歌的作用如此巨大，它将继续这样的力量与光荣。

2016年是中国现当代诗歌发展100周年，我们将用一颗敬畏之心打开这一百年的诗歌光景，阅读和朗诵这些伟大而不朽的诗人，这是一种心灵的慰藉和世纪的对话。

胡适、鲁迅、艾青、郭沫若、食指、北岛等这些在中国现当代文学史上熠熠生辉的名字，他们的诗歌和文字一直在影响着这个时代，或许将会一直影响下去。

他们创造的生命之诗、心灵之诗，更是一个民族人文发展的伟大结晶，历史也将永远记住他们这些永不褪色的生命诗歌。

当今时代是一个能够创造出伟大的诗和诗人的时代，尽管更多人认为诗歌已进入没落期，诗人已经顾影自怜了，但实际上所有人都正在诗歌的土壤里活着，被诗歌包裹着，呵护着；这些人我想也只是从社会的表面理解诗歌，没有看到更深层次的诗歌影响力，没有看到浮躁背后那股甘甜一样的诗歌生命，正在努力的与阳光一道，为我们的生命与人类的文明提供着精神的养分。

诗歌永远是不声不响的成为五千年来中国人的生命与创新的力量，成为人类世界不折不扣的精神灵魂。

这些年，一直在不停写诗的诗人，越来越多，这样的持续性实际上非常艰苦，却依然留住了越来越多热爱诗歌写作的人，这是诗歌之外的人所无法理解的，也是不能理解的。尽管诗歌写作的方式方法不尽相同，其内心却有着同一个信念，那就是把诗歌植入自己的生命中，让诗歌成为自己内心的一处湖泊或者一条河流，用圣徒的心来推进人文的精神化与生命的智慧化。

现在的诗人已经不像过去年代官府诗人那样，有生存的保障，甚至待遇非常高；也不是因为写诗歌可以堂而皇之地成为国家高级干部，有无比大的房子，有专用小汽车。

现在的诗人平头"百姓"居多，也没有任何福利待遇可言，如果仅仅写诗歌，一定会饿死，但是，这些诗人不怕，他们喜欢，有的不会因为贫穷而放弃写诗，也有极少数的诗人，成了百万千万富翁，但他们没有因为富有而放弃诗歌的写作，他们更懂得孰轻孰重，懂得人的生命所应该承担的那份使命与责任，这一群人有的一写就是几十年，不管春夏秋冬，不管有没有人关注，不管影响如何，不管外面的世界对诗歌多么的傲慢无视，他们依然坚持，依然诗兴喷涌，散发着独立自觉的诗歌艺术之光。这些诗人的伟大之处就在于他们非常懂得推进人类文明不是一个人的事情，人类的进步一定和诗歌有关。

正因为这些诗人的坚持，使诗歌的状态越来越具有教堂氛围，空旷、无边、宁静、干净。

这是诗歌的胜利。

诗歌是什么？我个人认为，诗歌是人类"高处"的灵魂，是生命无法抑制的绽放。诗歌可以通过一种"空气"净化的方式来影响成长者的精神与内心世界。

那些在写诗的同时，还在不停地为诗歌的发展作出努力的奔忙的诗人们，就更具有诗歌圣徒的境界与精神。

他们让诗歌充满了温暖与大爱。

博客中国"2017中国诗歌助力计划"《名人堂》系列诗集的出版也必将改变中国传统的诗歌出版模式，让沉寂在民间的优秀诗人获得公正的出版自己诗歌作品的机会，在他们中间一定会诞生伟大的诗人。

没有诗歌的时代是愚钝的时代。我很庆幸自己生活在一个欣欣向荣的诗歌时代。那些冲破生命阻力的诗人，那些句句划开时代症结的"匕首"之诗歌，是跳动的灵魂之火焰，正在以它充沛的精神，给予我们最精彩的时光，那是生命中最经典的日子。

诗集的提醒：一清不是诗人

　　"博客中国"拟在网上发一个有关我的介绍，当然是因为诗集《妈妈的旗》要众筹出版了。我便写了个声明。我说，得声明一下，一清的东西说是"诗集"，其实一清本人并非诗人，只是因为在各地围墙上发表太多以"一清"署名的诗，因了骂的人多了，便就被人当成诗人了。还开玩笑地说，"敢情诗人的名义就这么来的"。

　　有朋友开玩笑，说一清这个人甚为奇特，是当下官方唯一允许可在全国围挡、广场和机场上"乱涂乱画的人"。这话虽然说着玩的，但离事实也差不太远，不光诗呀词呀甚至小曲儿上了全国的在建各种建筑物围挡，甚至天安门广场、长安街、西单、首都国际机场，以及全国各大机场、地铁、城市文化广场，都有署名"一清"的涂鸦作品。因其"涂鸦"作品多了，便以《诗画中国梦》的形式结集出版了。

　　本次众筹出版的"诗集"内容较之《诗画中国梦》，似乎显得要宽泛些，也懒散些。这从目录的分类上可以看得出来。如"行吟类""时风类""歌词类""诙谐类""词赋类"，后来还加了个"公益类"。后加的部分，收集的本是为"梦"而配的小诗，但因了种种原因未获通过。在经过一段时间沉淀后，个人觉得那曾经未被过审的作品，其实更有美魅的地方，也便收将过来，算是一种补充。这样一来，当年为"中国梦"公益广告创作的所有作品也就都成铅字了。

　　说实话，一清不是诗人，之所以现在还有这些长长短短的东西在这里写着，是因了上面所说的"乱涂乱画"这个原因。我一直认为，我所写的东西就是些个打油诗，押押韵而已，而且还不是严格意义上的韵脚。在本集"行吟"部分，也就是走到哪里说到哪里胡咧咧到哪里的那一种。有点调侃的意思，更有些显摆的成分。在微信上，颇受"朋友圈"朋友们的抬爱，也正是他们的撺掇，我才有胆量将这些文字弄到"集"中来的。又如"诙谐类"，更是扯闲篇的"作品"，是早期网络时期，我们一帮文友在论坛里聊大天的即兴残留。记得2006年左右，在企业博客网。那个时候的网络没有现在这么发达，玩网络还是种新鲜事。网上的朋友后来在线下也大多成了朋友。那时候的聊天，特别是在企博网上，还是有很多文青的，因此我的这些半文半白的东西还都挺有市场，天天的天天，大家哄着我抬着我，让说点半文不文的东西，乐和乐和。我也就满足大家，不断地制造"笑果"，这才有了今天这个"诙谐类"的全盘捧出。

至于"歌词""词赋"类，也都是平时耍笔杆子的结果，应该说，是很难登大雅之堂的。当我就这些内容要不要上"众筹诗集"而犹豫着时，中国社科院的一位朋友给了我一点儿胆气，他说，其实，文学也好艺术也罢，看的是灵性，看的是自由，那些吟诵出于随口、流动源自心田的东西，或者不合乎某些"专家"的定义，但这份鲜活本就有了存世的价值。他还说，《诗经》是怎么来的？不是说劳动人民的集体创作吗？那劳动人民最先写诗时需要合乎什么"定义"吗？不需要吧？这才有了诗这种艺术形式的出现。所以，一清兄大可不必看别人特别是专家们的脸色行事……

这位朋友其实还真是个专家，只是"专家"中比较不矜持的那种罢了。如是，我便有勇气将自己的文字奉之于"博客中国"的中岛们了，由于我的犹豫，这也正是我没有参加第一批《名人堂》众筹的原因所在。

众筹活动是要每个人掏钱在先的，所以我忠诚地提个醒：我并不是一个诗人。但当这段提醒写在此处时，就显得有些虚伪了，因为众筹不仅是完成了，而且众筹人的银子已经在网上沉淀几个月了，真是对不起各位哟。

2017年3月27日众筹成功之时　于北京花漾年华酒店

目 录

行吟类

时风类

歌词类

公益类

诙谐类

词赋类

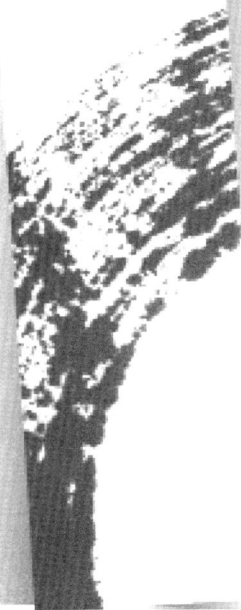

行吟类

记忆的口袋，风光一路

键盘上的行走

不用脚　用手

互联网的高速

没有道　却有"路"

有人哭　有人笑　有人愁

有人呼风唤雨

有人心血白流

……

如烟往事月如钩

网事如烟白了头

且酤了美酒

戴了耳麦

无疆天地任行走

把键盘敲得山响

让 QQ 叫个不休

闲时便做个 PPT 文档

也装得下背影无数

那个记忆的口袋哟

风光一路……

夏装蝉薄梦在袖

送别四月，

春的颜色；

夏装蝉薄梦在袖，

知是好时节。

月圆，月缺，

天涯何处寻得？

(2016 年 4 月 30 日在长安大戏院看京剧表演即兴)

聊寄清江引·无端生秋凉

昨夜，月光，

把心思照亮？

只因一城灯火，

反觉出几分迷茫。

原是星斗满天时，

算只有，

机车开过，

强擎震响。

洗洗睡去吧，

免盘问，

无端生秋凉。

（2015 年 11 月北京秋夜遇盘查有感）

调侃雾霾

晨中雾，瞅人误；

满街脚步上班苦。

刚霾过，今如昨；

一城百姓，十分达豁。

呵，呵，呵……

(2015 年 11 月 12 日北京煤渣胡同)

荷塘（新疆乌鲁木齐偶遇荷塘有感）

我来自芙蓉花的故乡，

却在西陲偶遇一片荷塘；

脉脉地她一直在此守候，

守候了大半个世纪的漫长。

我来自芙蓉花的故乡，

寻找着当年美丽的姑娘；

默默地她一直在此奉献，

青春的身影已是昨日时光！

呵呵，洁雅荷塘，

你用生命的热情在西部绽放，

你用大爱的胸怀，

温热着旷野的荒凉；

你曾经的泪水浇绿了千里大漠，

你毕生的心思化着这缕缕荷香……

(献给上天山的八千湘女　2016 年 8 月 9 日晨)

采桑子·别新疆

八千湘女话沧桑，

曾经荒凉，

曾经心伤，

大漠边关望故乡。

折柳回程黯泪光，

别过新疆，

又过湘江，

牵念之丝万里长。

（2016 年 8 月 12 日从新疆返回湖南的航班上）

何事匆忙

又在路上，

又在车上；

人追人赶人性急，

速度全在表情上，

互不相让。

何事匆忙，

何必匆忙，

两学一做大墙上，

抽空儿学个党章，

就像我一样！

(2016 年 7 月 10 日去往深圳途中在高铁站所见)

驱车三百里

驱车三百里，

参加妇儿会；

酋长成理事，

筹资为要义。

君若有心向明月，

祥云福兆拥抱你；

你若急于打款来，

哥哥也，

你莫急啰，

我问清账号后私信你。

（2016 年 10 月 19 日从岳阳赶往长沙参加湖南省妇联基金会筹款专门会议，在路途上的打油诗）

采桑子·别资溪过贵阳到荔波

雅兴正好又分离，

别过资溪，

别过江西，

何日举盏再邀齐。

行李随身步匆急，

又上飞机，

又下飞机，

贵阳黔南三百里。

(2016 年 6 月 23 日从江西去往贵州荔波途中)

萌萌美景撑破眼窝窝

全程高速到荔波，

一路高谈阔论多。

云间走，溪上过；

萌萌美景撑破眼窝窝。

哎哟哟，哎哟哟，

岂不醉杀老夫也么哥！

(2016 年 6 月 23 日去往贵州荔波途中)

一觉醒来济南了

一清大叔起床早，

高铁向着山东跑；

过天津，别德州，

一觉醒来济南了……

(2016 年 7 月 2 日去山东泰安途中)

双脚踩上宿州泥

忽忽悠悠到安徽，

梦中正吃砀山梨；

听得一声请下车，

双脚踩上宿州泥！

(2016 年 11 月 6 日从山东泰安到安徽砀山行路途中)

谨劝世人

睡在深圳，半夜热醒；

不开空调，蠢也不蠢？

楼宇再大，就是一枕；

安贫乐道，谨劝世人。

(2016 年 6 月 16 日深圳别墅睡不着有感)

受托

受人之托到北城，

粗言糙语加叮咛；

多日奔波寒衣薄，

返程车上暖如春。

(2017年2月21日北京至长沙高铁上)

月亮颂

夜夜用一片彩云

擦拭不停

尽管光洁如玉　晶亮如冰

光影里流淌着淡淡的羞涩

总怕辜负太阳

慷慨的馈赠

给维纳斯一面梳妆的宝镜

给丘比特一柄寄情的弯弓

一张暮夜的琵琶

不知弹圆了多少

男男女女老老少少

痴情的梦

她深知

一个人唱不好灿烂的歌

于是

从幕后请出满天繁星

她的旋律

诉之于心灵

敞开心扉吧

让柔美的和弦

流入你

无眠的　梦中

为了这一刻的相见

（雪山，流泉，安静的小镇，温馨的小店，牛仔之国
的美丽风景，似只适于中文表达。）

为了这一次的相见，
你静静地等待了千年；
为了这一刻的邂逅，
你的柔情把所有空间注满；
我看到了你满头飞雪的执着，
听懂了铭心刻骨的絮念，
以及地老天荒的守候里，
那淙淙而过的亘古缠绵！
还好，
阳光温暖
灯光温暖……

（2016 年 5 月 26 日宿于美国 Gardiner.Gardiner,MT 的一
家别有特色的小酒店）

冰叶

（2008 年的大冰灾，万里冰封，百树摧折，整个南方都被冻翻了。记挂着院中的玉兰树是否在一夜的痛苦折磨中挺过来，早早地步出院门，不料竟惊喜地发现树的根部落下了些叶样的冰。遂捡拾几片，盛之以杯，将灯光稍调，简单布置一下，冷冷的冬日，便流淌出暖暖的情致，发于网上，冰心相通，便有这段记忆的永恒……）

你，曾在谁的手中
被呵护成一帧最为美丽的风景
使我忍不住
轻拾一枚，放于唇间
融化的思念，不绝于耳
我便看到了你剔透的身姿
我便听见了你魂魄挂在了墨绿的枝头

唤我声声

冬天

即使温度降至零

也无法封存你内心深处涌动的温情

只是，我的手有些冷

于是，置你于透明的杯中

打上最柔和的灯光

将温柔坠入

让你明白，我们也可以

暖暖地相逢

是的，在如此的暖暖里

所有的心事都揉出了水，淋湿了梦

你却微笑着一次次

轻唤我的乳名

不想去探寻原因

只想找些理由漂洗记忆的墨痕

然后，将你的纯净

裁成一叶一叶的小诗

在来往不息的风中　吟咏

这风中长大的冰叶啊

你可要记得

无论逐渐长成

无论静静消融

这只晶莹的杯子里

承载着

你　最初的深情

我　最真的感动

高洁神仙花

院中玉兰树，

高洁神仙花。

清香沁人腑，

飘溢好人家。

（咏自家小院中玉兰花开）

寂寞的手指

好像只能这样相互取暖
敲击中我听见你叹息的声音
原来，手指也会寂寞
静夜，不用寻了归去
我在自己的心里徘徊始终
接着明白
你我十指原来一直无法相扣
那些前生或是来世的故事
究竟有谁能看懂
魂魄接触不到的距离
究竟远在何处
我听见时间把你吞噬的声音
而这个静夜的手指张开
你终于决定
不再相握

小院青苔的精彩

小院的墙角里，

长着一大片青苔，

谁也不在乎它的存在，

更不屑它生长的姿态。

可它却穿着春的服装，

即使严冬也初衷不改。

今见其从容

仿若晤如来

卑贱如斯又能咋的？

便是贴着地砖儿，

也照样活出精彩……

羊嘟嘟吃豆腐脑

（新儿歌）

羊嘟嘟吃豆腐，

样子很可乐，

架式有点虎；

管你三七二十一，

吃了饱肚肚。

羊嘟嘟吃豆腐，

吃相有点萌，

站姿很英武；

管你四七二十八，

吃了健身骨。

羊嘟嘟吃豆腐，

态度很认真，

萌得有风度；

管你五七三十五，

吃多吃少自作主。

羊嘟嘟，好儿牯，

好儿牯，羊嘟嘟；

吃饭不挑食，

成长不怕苦；

身体超棒棒，

活力赛驹虎！

（经打听，羊嘟嘟的官名叫万凌佑。那天在张谷英玩，
自个儿买了一盒豆腐脑吃，任谁逗他，都不管不顾，
认真吃完，笑翻了一个旅游团队。这样的孩子定力
很好，值得一记，也为之一乐。）

雨是黄山的诗

黄山遇到了雨，

雨中遇到了花；

黄山的雨把三界都淋湿了。

田垄、村舍、绿篱笆；

还有小狗、小猫，

　　　和奔跑的山里娃。

黄山遇到了雨，

雨中遇到了花；

黄山的雾弥漫如薄绸纱。

山寺、白坊、灰佛塔，

还有流泉、飞瀑，

　　　和梵香的半山刹。

雨是黄山的诗，

雾是徽州的纱；

饱蘸一山雨，

画出满天霞。

咿呀呀，咿呀呀，

风动心亦动，

转瞬间

　　都成了

　　　润湿性灵的风情画……

(2017 年 3 月 31 日在黄山歙县尚未开发的景区自咏)

回归

风月裹杂的尘埃
掩埋了记忆里许多的东西
灵魂无意间的游走
将层层的尘埃扬起
原来
有些东西
虽日复一日地沉积在心底
却依然　纹路清晰

轻轻地俯身拾起
擦拭着模糊了的记忆
不是为了重温
而是让自己记住
生活
会更好的　继续

青梅一株谁煮酒

青梅一株谁煮酒？

红联两挂我为诗。

宴桌之上白丁少，

落寞方知鸿儒稀。

个个都扛专家衔，

人人尽说红墙事。

最喜坐中有少年，

扯白务到天亮时。

（某庆典宴席有感）

调寄《浪淘沙》

脚步何匆匆，

又在途中。

虹桥别过曲阜东。

回念沪上三日事，

似梦似风。

网事如烟浓，

人事瞳瞳。

昨日旧友势渐雄。

时来天地同借力，

气运如虹。

(2017年3月2日在参加完老朋友孙天群的"发码行"
活动后，由上海赴曲阜高铁上)

调寄《江城子》

三经邹鲁两匆忙，

细思量，

甚荒唐。

百世亚圣，

低调且温良。

纵使湖瀚取瓢饮，

强胜过，

读千章。

儒雅敦厚仁政纲，

孔孟乡，

桑梓邦。

瞻拜无言，

蛛网挂满窗。

愿许再有半世纪，

民为贵，

社稷昌。

时风类

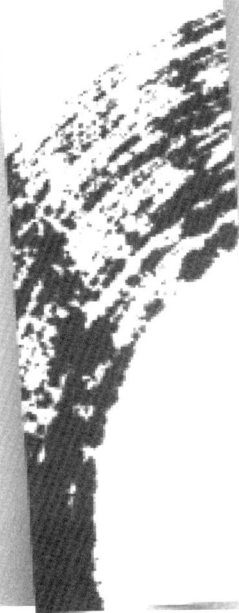

目光——毛泽东颂

1976 年 9 月 9 日的早上，

长安街自行车疲惫的铃声一如往常；

谁也不知道红墙边那压抑的哭泣，

将带给中国未来以怎样的悲伤？

哭过了，960 万里山河 泪水洗了个痛快，

天地呜咽的表情 让稚童也掂出了"失"的分量；

悲风泪雨 下垂了联合国过半的大旗，

夜色如磐 如何盛得下八亿颗心的惆怅？

管弦嘈嘈 伟人谢幕小丑急登场，

雷雨过处 彩蝶曼舞猿猴跳大梁；

当华丽的戏服取代战袍媚加海内……

金戈铁马的骑士　定是鹨鸡取笑的对象。

三十多个秋日走过，飞溅的唾沫弄脏了仓颉的理想，

三十多个严冬又来，肮脏的笔墨　羞辱了农夫储粪的茅坑；

茅厕们口衔"天宪"喷出黄鼠狼的体液，

袁贼的后代　找到了发泄宗祖旧怨的潮湿课堂……

于是，佛狸祠下　神鸦社鼓妖仙声声唱，

倭寇的笑声竟因此有了皇姑屯昨日的张狂；

过山车满载"普世"的法轮　扑向四九前的暗夜，

新亭对泣的往事　抖落伤心人泪千行……

梦中记得这可是一个主权的国土啊！

列祖列宗的眼神写满香火延绵的期望。

驱除鞑掳　几代志士血染了南北黑土，

可堪鹧鸪声住　歌舞帐下　成名竖子　裙翻酒浆

……

于是，冥冥中　我看到了一束目光，

它穿透时空　拂洒在五色的土地上。

松岗原野苍茫如梦　您衣冠为何尽染冰霜？

还有哈姆雷特月下曾捕捉过的那丝忧伤……

你是一闪而过的宇宙射线吗？
为何总有恣肆天穹的穿越能量？
你的人民在田头车间念着你的名字
你的敌人在梦里醒里悚着你的声望！

即使是一丝闪过的目光，
我同样能感受你倾山倒海的高亢；
我仿如听到你那轰轰烈烈的呼吸，
还有长剑倚天的伟岸与铿锵。

曾经，在您目光耕读过的旧诗册页里，
我读懂了你泪水沾衣的伤痛与彷徨；
曾经，在您铅笔圈画过的旧笺陈墨里，
我理解了你隔世的焦虑与忧伤……

很多人，只有走过了才会读懂，
很多事，只有经历了才关痛痒；
有的人活着，他却死去，
有的人死了，他的英魂仍在天地间翱翔！

呵，毛泽东！

共产党何德，竟有你这样的高山巨子让后人景仰；

啊，毛泽东！

中国人何福，站起来了的感觉曾是怎样一个欢畅！

中国不能再次倒下，

中国是中国人民的共同家乡。

人民的中国定将奋起除孽的利器，

毛泽东，你就是人民必胜的信心与力量！

我不奢望何人将你敕封在苍白的"体系"金匣中，

千万个作秀的雷声 抵不过你冷峻的一丝目光；

那是一种让敌人害怕 让人民心安的电光石火，

那是中华民族雄视天下 傲立于世的永远大阳！

毛泽东的星空

（毛泽东主席诞辰120周年纪念日，为了表达对先主
席的怀念，特将新近创作的话剧《毛泽东的星空》前
一节弹唱词率先发表，以表心香——）

（吉它手边弹边唱）

是谁活跃在历史的星空？

是谁奔跑在时代的雨中？

是谁撑起一个民族的希望？

是谁擂响了旧秩序的丧钟？

毛泽东！

是谁让我们跨上青骢？

是谁让我们走出沼丛？

是谁把屈辱的一盘散沙，

团成了一个战斗的劲弓？

毛泽东！

（"工农兵"合唱）

紧握手中的旗帜，

团结亲爱的工农；

手挽手我们一起前行，

风雨相随伴，佳境入星空……

（吉它手边弹边唱）

是谁领着我们跋山涉水，

是谁金戈铁马气壮如虹？

是谁点燃了一个民族满腔热血，

把列强的尾巴斩断，丢在风中？

毛泽东！

（"工农兵"与吉他手合唱）

握紧手中的旗帜，

擂响时代的巨钟；

手挽手我们一起前行，

天下谁问鼎，唯我华夏风……

志愿者之歌

你从南方来，

我从北方来。

你唤来了绿色的春雨，

我采撷了带露的云彩。

一个眼神的凝望，

融化了冬梦的漫长；

一次真情的慰藉，

传递着贴心的关爱。

手牵手，把昨天的疲惫丢在风里，

手牵手，把今天的明媚注入心海……

你从校园来，

我从军营来。

你成就了心动的篇章，

我收藏了人性的华彩。

一声亲切的呼唤，

波漾着爱的涟漪；

一次深情的嘘问，

拾回了曾有的信赖。

手牵手，把温暖的故事镌进记忆，

手牵手，把快乐的音符唱给未来……

我们是快乐的志愿者，

蓝天白云是我们圣洁的表白；

我们是快乐的志愿者，

高山大海是我们旷达的胸怀。

我愿意是一只殷勤的小鸟，

用嘹亮的歌声吟唱着春讯的欢快；

你希望长成一棵葳蕤的大树，

以伞的姿势撑起风雨里无言大爱。

当和煦的春风把鲜花铺满原野，

那一定是你我共有的精彩。

善行者的风景线

（朗诵诗）

（受中国网络电视台委托创作，由中国人民解放军火箭军文工团著名节目主持人苗博朗诵）

当生命在悬的瞬息，
有一双臂膀　闪电般
把生的希望，
高高托起；

当夜色包裹着迷离，
有一盏明灯　执着地
留下温暖的，
缕缕光辉。

一次真诚的问候，

一次体贴的让位；

一次宽厚的谅解，

一次深长的惦记。

爱的种子　如蒲公英般

飞呀，飞呀……

飞入心之田野，

种下了

诗情画意；

一句暖心的呵护，

一脉眼神的笑意；

一次指尖的点赞，

一个注目如春的礼仪。

善的馨香　如七月莲花

沁呀，染呀……

沁染得天地滋润，

光彩熠熠！

或者，人生路上

有着这样那样的　不遂心意，

或者，生命途中

有着难以言说的 忧伤与悲戚。

有善在　爱便在，

有爱在　善必随！

天涯芳草连天碧，

大雨过去见虹霓。

天地之大哉，

必有一扇窗户为你开启。

大爱无疆，

善行无迹。

当行善成为一种习惯，

当习惯满溢着爱的诗意；

当诗意点亮心的苍穹，

善行者的风景线，

那是人间

永远的美丽！

交响音诗：

长歌一路唱中华（一）

（为央视"中华长歌行"而作）

幽幽八荒，大地苍茫

堂堂九州，山河千嶂

日看大江东去，夜听茅店秋霜

抚天地之琴弦兮，唱中华长歌诗行

尧天舜日的故事　铭刻着先人的梦想

唐诗宋韵的吟唱　盛载着龙族的心香

梦境和诗国里走来的民族　气宇轩昂

华丽再次转身　抖下金灿灿　一地阳光！！

中华民族已扬起了强劲的臂膀

21 世纪的舞台　期待您登台的霓裳

喊一嗓——"中国，我来了！"

强大的民族，盛世的交响，中国的乐章！！

生长于这片多情的土地哟　该是何样的欢畅

奉献于这个伟大时代啊　热血澎湃　豪情激荡

伸出手、牵着手　把中华的宏吕巨钟敲响

天地琴弦奏鸣，看我华夏风光！

交响音诗：

长歌一路唱中华（二）

（为央视"中华长歌行"而作）

晨起的风，晚飞的霞，

长歌唱大风，巍巍我中华。

东海日出，揽一镜天地　流韵百世任挥洒；

西山雨云，倾大江笔墨　千里涛声听华夏。

尧舜的传奇　那是我族先人礼让江山千古佳话；

春秋的霸业　只不过炉边谈笑茶烟亭里听琵琶。

大音稀声，定然是汉唐辉煌的昨日春花；

长空为舞，龙腾九天中华情怀悲悯天下！

五千年跨越，那一钟韶乐唤醒的早晨百鸟齐鸣颂大雅；

万里同风　区宇一清　铸剑为锄，龙族的宏誓鼎铸高崖。

更喜神州崛起　三山五岳　心手同牵　斗志满天涯；

纵观全球　风云跌宕　看云卷云舒我自岿然乾坤大。

啊——

百兽率舞四海承风和谐社会万里江山美图画；

民为邦本尧天舜日八方乐奏东西南北理想花。

千里传承华夏曲，

长歌一路唱中华！

交响音诗：

湘江作证

（为长沙电视台庆祝中国共产党诞生九十周年大
型文艺晚会而作）

你从始皇征战的风烟里走来，

八百里奔波　不舍你那忠贞的守望；

你从灵渠智慧的枢纽里经过，

千回百折　毅然北尚　披一路星光。

你是一条抒情的江啊，

你浅吟了柳诗绵长的仙般意境；

你是一条思考的江啊，

你的涛声里闪耀着船山的思辨　魏源的目光。

虽然　一路有关山阻隘　巨石拦挡，
但猿声无奈　啼不住你的自豪奔放。

湘江，
你就是一部阅尽人间春色的浩瀚之章，
你就是如梦江山水击千里的历史画廊。

我，自豪地面对着你高歌北上的青春远影，
抚摸着天风海涛成果斐然的页页诗行。
历史星空如歌岁月写就英雄的交响，
心灵沧海听岳麓书声展写星沙华章。

湘江见证——
"两型"社会试验区的壮美宏图已经展开，
领跑中部崛起，中国出现长沙力量！

湘江见证——
城乡一体的诗情书满了长望浏宁经济长廊，
七百万人民一往无前，春风得意马蹄生香。

湘江见证——

市场体系如同和谐的山川春花绽放，

富饶的湘江两岸万重画屏绿染城邦。

湘江见证——

孩子们欢乐的笑声喧翻了大院的安详，

年轻情侣拥抱明天挥洒着缕缕阳光……

走马楼啊

你的简牍曾记下了几许梦想？

灵官渡啊

你渡了多少风情故事岁月沧桑？

三十二年的奋斗拼搏 改革开放，

青春的热力，熔铸了中国太阳。

这还是您记忆中的那个古城星沙吗？

三重环线的大桥，凌波飞架丰碑铿锵。

四方同拓的地铁交通，跃跃欲试伸向远方。

该用怎样的笔墨来描写这盛世的变革？

该以何样的心情来述说这世纪的辉煌！

湘江见证

湘江见证

只因为　历史选择了

伟大的　中国共产党！

中秋感怀（朗诵诗）

我来自雨雾迷漫的水乡，挥别了故乡的莺飞草长。

我来自大漠孤烟的塞北，挥别了故乡的冷月苍凉。

我来自文化厚土的中原，挥别了故乡的山水故事。

我来自山歌缠绕的阿坝，挥别了故乡的阿妹情郎。

我来自域外异乡，挥别了澳洲的风雨与沧桑。

我来自地球那边，挥别了曾经的骄傲与徬徨。

多少次街头踌望，亲友们的影子知在何方。

多少次梦醒床头，静听一缕月光敲打窗房。

多少次对语蓝天，想辨出哪一朵云来自故乡。

多少次哽咽无语："妈，中秋了，可我仍在异乡。"

多少次的微信留言："爸，中秋了，今晚我们共享月光。"

多少回啊，多少回，总把思亲的泪水，换作温暖想象与淡淡忧伤。

但是，爸，您听我说呀；

是的，妈，您听我讲——

这里是北京，是中华人民共和国的伟大首都；

这里是北京，这里有世界上最宏伟的天安门广场；

这里的歌声，揉进了世界上最美最美的旋律；

这里的情怀，装载了您我几代人的追求与理想！

这儿是首都，更是人民创造历史的见证，

这儿是北京，更是全球性的经济发展榜样！

这里的历史，有如万里长河，不舍流淌，

这里的人文，讲述着千年故事、岁月悠长；

这里的风雨，浇灌了六朝古都的皇天后土，

这里高山为纸，长河如墨，展写了五千年的宏丽文章！

爸，妈，即使回不到您的身边，我也想向您说一说我的感想，

爸，妈，即使回不到您的身边，我也想向您道一道我的衷肠；

我想用微信的方式，让您看一眼奥运会场馆的雄丽巍峨，

我想用视频的画面，让您感受朝阳高井厚重的道德讲堂。

还有，满大街流水一般的汽车长龙，它们记载了一代人的
　　富裕，

还有，互联网世界里，当代，年轻人的那一份情怀与梦想！

爸，妈，您别埋怨，明年的中秋，我一定守在您的身旁；

爸，妈，您的儿女正在创业，一大把的想法还都在纸上；

爸，妈，还记得当年唱的那首歌吗？您就祝福我们吧，
　　商场也是战场，

爸，妈，还记得您说过的话吗？您说这一代人赶上了个
　　创业好时光。

是的，趁着我们还年轻，我们把亲情的思念托付在工作
　　的付出里，

是的，我们给亲情的回报，就是明日成功的笑脸和灿烂
　　阳光！

中秋的月啊，你托付了我们思亲的点点相思，

那一丝丝、一缕缕，织就了我们梦中的念想；

梦中的船歌、梦中的童年，还有梦中爸妈的笑脸，

梦中的问候、梦中的岁月，还有梦中淡淡的粽香。

在这里，我们以感恩的心情向辛劳的父辈道一声祝福

岁月漫长，亲情漫长，生命不息，共享当下好时光！

中秋的月，勾起了我们万千心思、万千感想，

中秋的月，让我想起了千里之外的可爱故乡；

我爱家乡，思念亲人，思念曾经的匆忙脚步，

我爱家乡，感念岁月，牢记使命，初心不忘。

我爱家乡，我爱北京，还有这人文教化的道德讲堂，

我爱北京，美丽的高井，就是我真正的故乡！

（合）我爱北京、美丽的高井，就是我真正的故乡！！

出乡关

（话剧《韶山升起红太阳》交响音诗）

山道上，远去了，远去了一担行囊，

校园里，走来了，走来了一脸阳光；

东山学堂的小径　连着古城长沙的向往，

别离故土的深情　怀揣着一个强国梦想。

山雨欲来，大地苍茫；

天下己任，舍我谁当？

湘江评论的檄文，把一个时代的沉寂炸响；

民众联合的号角，唤醒学子们平静的课堂！

那是怎样的一段岁月啊，

橘子洲头，岳麓山下，

看万山红遍，激情湘江——

遵义会议（朗诵诗）

（为大型舞台剧《毛泽东之歌》所作）

雄关漫道卷千岗，

霜晨雁叫起苍黄。

拼将热血开新宇，

战地歌诗赋大江！

那是一个滴水成冰的季节，

　生着暖炉的会议室里

20 位代表满脸挂着秋霜

那是一个庄严的表决时刻

　任何举棋不定的错失

都将惨重付出　血染疆场！

血战湘江的悲情，

仍在撕咬着红军将领的伤口；

缺弹少粮的疲惫之师，

期盼着哪怕一次胜利的枪响！

于是，一个名字在彼此眼神中交替，

于是，一段转折成就了历史的辉煌！

毛泽东！

毛泽东！

毛泽东回到了核心位置，

遵义会议重新出发——

光荣……再启航！！

给深圳创业者的组诗

长相思·寻梦

春风柔，

夏雨幽。

梅林关口徘徊久。

挥泪别旧途。

聚故友，

情如酒，

乡党帮扶手牵手。

未来梦里头。

蝶恋花·追梦

渔村曾望烟波碧，
春风拂处，
高楼连天际。
特区速度何奇丽，
南巡尽释登临意。

岁月如金歌声醉，
追梦鹏城，
更添双飞翼。
凤凰山麓祥云起，
星空月下千家笛。

鹧鸪天·筑梦

都市节奏花季风，
帅哥靓妹竞妆容。
新燕衔泥筑巢紧，
蜜采殷勤百花丛。

哥相嘱，妹相从，
几回梦里互庆功。
正是春雨潇潇处，
对拜天地喜烛红。

清平乐·圆梦

房钥在手，
笑往新楼走。
迎请高堂端起酒，
却疑此情真否？

大姐贴画春风，
二哥正挂灯笼；
小弟戏说圆梦，
街头焰火腾空。

东亿的早晨

（东亿是北京朝阳区的一个传媒人集中的产业园，扛
着"国家文化产业示范基地"的大牌子，天天的天天，
早上，这里有一道风景线……）

地铁站
高碑店
前行八百步
入了东亿园
此时的太阳球
刚露了个半拉脸

但人却多了
还都是小肉鲜
脚步都有些匆急

脸上都挂着睡眠

耳里不忘塞个麦儿

估计这会儿正与谁谁聊天

转眼进了楼房

把背影儿留在了外边

还有那一丝半缕的春的气息

以及烟味儿

胭脂味儿

统统的

揉进了草地

和花园……

花园正绽放着

一如这红男绿女的青春人儿

他们把智慧编进程序

他们把春光织进心田

他们就是东亿园区里

最美的风景线……

沈成磊，你的名字叫忠诚

(2015 年 5 月 27 日，山东烟台市公安局莱山分局民
警沈成磊在制止犯罪时，被犯罪嫌疑人用利刃刺伤，
牺牲。28 日晚上，烟台民众自发烛光纪念。感念英
雄的大义，特成此诗，纪念逝者，慰问烈士的家人！)

有一种境界叫光明，

有一种奉献叫精诚；

有一种失去叫玉碎，

有一种牺牲叫永生……

永生，永生……

这是怎样的一种刻骨铭心？

我不愿轻念出英雄的名字，

我怕老百姓撕心的哭泣

惊扰了天堂中你的安宁……

毕竟，

面对着你才六岁的爱女，

以及年迈的双亲，

永生在 36 岁的年岁，

这个词儿，太重，太沉！

但是，

你真真的，永生了，

生命的阳光洒在了你热爱着的故城；

你巡逻过的街区，人们在声声呼唤，

还有你的战友、你的同学你的发小

声声泣血，忍不禁声……

沈成磊，我们的好兄弟

我知道你心里只有担当只有责任；

你用正义的胸膛挡住邪恶的刺刀，

你的刚强意志，浇铸了铁血警魂！

殉国何惧身死，

碧血一片丹心，

沈成磊，你的事业永在，

沈成磊，你的英灵永生。

站在你的身边，

我们就是你的嘱托；

念着你的名字，

我们就是你的亲人！

你的爸妈尚好，他们把思念托给了白云；

你的女儿在问，爸爸他还在何处执勤？

你的妻子大义，她的刚强足以护你远行，

你的战友表白：凶手必捉，不负忠魂！

还有，还有你同生死的警队啊，

他们永远是你的坚强后盾，

他们举着的拳头在对天鸣誓：

你的家人，就是他们的亲人，

永远，永远……

不弃，不分……

妈妈的旗

（在胶东山海间的渔村，总可以看到一些房顶上飘飞着醒目的红旗，印象深刻。据当地人介绍，凡是飘旗的一定是渔民之家……感慨系之，母亲节那天，创作了小诗《妈妈的旗》，献给母亲，也献给祖国母亲，献给红色的胶东这片英雄的土地。）

在大海的深处，

有一粒淡红在飘移，

不管风多大、雨多急，

这微尘般的一粒，

就是连心的希冀……

在大山的深处，

有一缕红绸在飘飞，

不管夜多长、星多稀，

这鲜亮的一缕，

就是平安的盼归……

多少年出海的锣声，

声声儿敲得人乱心碎；

多少回归岸的喧嚷，

最怕见领头人锁了愁眉。

任性的大海，

弄哭过渔村的晨昏四季；

平安的心绪，只化着

龙王庙前的叠叠香灰……

终于，有了

第一时间的呵护与奇迹；

那鲜亮在死神面前的

是胶东儿女熟悉的五星红旗……

当出海者再一次高举锣槌，

归岸的人喧在山头屋角闹起；

妈妈将红旗升起又取下，

升起在儿子的船头，

归置在平安的心里！

呵，出海了，

不管行多远走多急，

千里万里，你总在妈妈的眼底里；

呵，回航了，

不管在海边在天边，

千次万次，你总在妈妈的心坎里！

……

在大海的深处，

有一粒淡红在飘移。

不管风多大雨多急，

这微尘大小的一粒，

就是我们的五星红旗……

在大山的深处，

有一缕红绸在飘飞。

不管夜多长星多稀，

这鲜鲜亮亮的一缕，

就是平安的盼归……

（2015 年 5 月 13 日从海阳到莱州的汽车上）

清明感念

清明时节翻找旧时相片

发现与父亲同在一集体画面

那时的父亲很帅、很酷

时尚的军帽记录着青春的华年

而我从来没在意父亲的默默陪伴

春花秋月也早消释了带露的容颜

四十五个冬夏流水般悠然远去

父亲的呵护其实一直就在身边

父亲而今已经走远

父亲的墓碑留下了亲笔顾眷

父亲说，活着就是责任

父亲说，心宽可听流泉

父亲走了，父亲是往生

父亲走了，父亲是永远

父亲的教诲是不老的松风

父亲的恩泽是家运的舵帆

(2017 年 4 月 3 日清明，意外发现一张 1970 年我初
中毕业时全年级的合影照片。父亲作为我们的语文
老师，就在我身后一排的地方，我居然没有发现过。)

那黑里透着个红啊……

——致敏生兄弟

一个人，有过了怎样的历练才算刚强？

一个人，遭遇了怎般的曲折可称沧桑？

吞下的故事如野草般铺就连天的荒地，

不知这片野草在复青的季节可否疗伤？

或者，悲苦本就是人之常态，

你降生的第一嗓啼哭惊着了苦涩的窑床。

或者，命运本就与草同根，

谁让你童年的玩闹嘻嘻于贫瘠的山梁？

幼儿园的概念是长大后听说过的温馨梦想，

白米饭的奢侈是成年后品闻的第一顿纯香；

你宁可相信皇帝的扁担一定是金子做的，
也无法想象城里人竟没有见识过煤炭工场！

你的记忆里就只有黑，黑的路、黑的煤……
你的童梦里就只有黑，黑的衣、黑的裳……
而往返于大队、公社的求学羊径道上，
赤足的你，却在追赶着一个红的梦想！

从黑里走到红，你像头牛一般的执拗，
最早那手扶拖拉机差不多是你全部梦想；
能想象得到那会儿的你那份得意与欣喜，
以为拖斗里装载的就是幸福的莲荷与阳光！

一元二次方程类的知识与你擦身而过，
更不要说什么杠杆原理、资本市场；
但是，你却在石隙里寻到了财富的密钥，
你奔跑的姿势，竟是如此的有模有样。

尔后，四轮的汽车代替了胶鞋着地的脚步，
尔后，运输队过山的阵势成了当地的风光；
尔后，你把诚实的心思告诉了这个世界，

尔后，你把创业的旗帜插在了荒秃山岗！

我看到了矿坡上那呵护安宁的山神小庙，
我理解了你盯着下井工友时关切的目光；
你告诉自己今天的他们就是自己的过去，
你愿意把最好的条件与他们共分、同享！

你以自己的拼搏阐释了大山蕴涵的财富故事，
你以勤劳的汗水书写了草根奋斗的奇迹文章；
你前行的路途，已看得见天边原野碧草茵茵，
你事业的纯静天空里，繁星如梦，百鸟翱翔！

突然——
　　　总是有一个突然而至的不祥，
像一只黑色的鹰鸶，
阴毒地设伏在山路两旁；
它的两次罪恶扑击，
倾灭了你窠窝中
　　　全部的念想　甚至，
生的希望！

那一刻，

时空进入了永夜的长廊，

亲们的饮泣在遥远无极中发丝般漂荡……

总也追不上那似有还无的熟悉脚音，

他们飞越天际

　　消失在无常的远方……

…… ……

不想说凄凉，

无心话忧伤；

孤灯明月夜，

仰天诉衷肠：

魁伟鑫儿魂，

映春系心肠，

天地相永绝，

合掌一炷香！

要么倒下，告别曾经彩色的梦想，

要么站起，唤醒男儿带泪的刚强。

这世上的事情远不是二一间的选择，

星夜的独处，只为天人相隔的守望。

终于，从情感的迷茫里走出来了，

看到了依旧的山川与明朗的月光；

收捡好如丝如缕的心绪与万千顿悟，

毅然北上，挥别昨日的苦痛与忧伤！

阳光的京城，接纳了你的寻找，

素雅的梅朵在冬日里倾情绽放，

你把黑色的经历换成了红色的颜料，

你把拼搏的成果改写了文化的新章！

转眼，一座新城崛起于京东之乡，

"国家文化产业示范基地"的美誉金牌

已奔走在来你家园区的路上

你以一双长满厚茧的手，迎纳了天下文人墨客，

你把一片葡萄园地改装成了影视人的创业天堂！

而今的"东亿"，已是一片城中画廊，

而今的"高井"，挥别了昔时的旧装；

但看得出主人细心布下的那一缕心思，

黑里透着的那个红啊，

　　红里，藏着的憧憬

与向往……

我愿意为你写首长诗，
只为同时代的你我那份拼搏与刚强，
我相信，即使只给你一桶山泉，
你也能把嫩绿布满山岗！
我相信，即使只给你一个琴弓，
你也能奏出动听的交响！

或者，这正是我们这个时代所特有的乐章
它的生命音符在盛世的阳光中自由飞翔。
在温暖如春的日子里听着这般励志故事，
诗意的园地里，绿意茵茵，散发沁人芬芳！

码链来到生活中

神奇的码链

来自"发码行"的创见

它甚至不能说是一种物事

但它却意味着永恒的改变

没有一个诗人会对类似于 wadcc 感兴趣

但偏有好事者①对它特别垂怜

那个叫徐蔚的学者收起了往日的狂傲

愿倾尽耐心共同种好物联网这片福田

从 PC 的雄起到万事所为的移动互联

人们在网络世界里看见了白云青天

曾经的呼风唤雨成就了无数业界大佬

但谁也没意识 wadcc 这个怪影的悄然出现

它的主人当然是位程序的高手

好事者却看到了扫"码"工程的风月无边

当所有人都在互联的风光里游走

"幸福"人却赢取了未来密钥——

"光取代电"!

未来人们将在"二维码"世界流连

只需有大自然光源的微量奉献

"扫一扫"就是最亲近的常态

它联结起的兴奋会让你享受翩翩

人类因"幸福"人的创造而走出黑暗

以人为本的追求才是真正的科技春天

物联网的世界东山之上已然悄悄崛起

虚拟与实体的映射就是码链间的关联

(参加上海"发码行"有关物联网话题的讨论,十分感慨于现代科技的进步,现场书就此打油诗。内中①"好事者"指我的好友孙天群。近十年来,这位勤于思考的老友,事业如日中天。)

为中宣部道德模范配诗二首

工人有工人样

车间，工场，

月色，阳光……

劳动的美丽点亮晨曦灿烂，

青春激情，风起云扬。

工人就有工人样！

天下己任，

舍我谁当？

便做螺钉一颗，

也要铆护大梁！

教师有教师样

教室，操场，

桃苑、书香……

无声润物播洒三千春雨，

十年树木，百万栋梁。

教师就有教师样！

身为世范，

大爱无疆！

便是蜡炬一支，

也要照亮远方！

吉祥三颂之长寿颂

寿，长寿，南山寿，日月悠长，洪福齐天寿。

不惑庆从今日始，风情初赏山更幽。

前贺五旬又十载，二回甲子春初度。

古稀八秩弄梅影，掬水月在怀，摘花香满手。

桃熟三千春九十，更诵黄鹂鸣翠柳。

举杯邀百岁，岁月人生酒。

玄孙戏弄寿眉长，笑捋长须独我有，

谁不羡，松龄寿！

要长寿，莫发愁，心宽自年少，有爱青春久。

德似白杨风高洁，品如红荷情操秀。

积善之家有余庆，大德之人必长寿。

听我言，牵起手，东海水长流，南山路上挺胸走！

吉祥三颂之万福颂

一福喜，二福圆，三福四福惠双全；

五福临门天伦乐，六福春雨润福根；

七福家和百事兴，八福满意称心自在天；

九福久久世世昌，十福祥瑞绕心田。

百福具臻星运好，紫气东来福庆绵绵。

千福敲窗但听松风自得乐，

万福齐天更承玉露仙风伴枕涵。

芝兰生玉树，伯歌季舞颠；

素菊生室雅，寒梅斗雪妍。

福至心灵福慧双修洪福大福东海水，

福比南山福寿康宁高福伟福长天边。

何方之人千福齐，我呈万福君宅前。

福你福我福天下，福官福民福祖先！

吉祥三颂之大德颂

大雅君子，社稷纯臣。

乐善好施，奋不顾身。

敬事不暇，砥节励行。

上善若水，一寸丹心。

至诚安节，戛玉锵金。

一清如水，一鹤一琴。

晴云秋月，高山景行。

推诚爱物，虚堂悬镜。

德隆旺重，激浊扬清。

襟怀坦白，炳若日星。

生佛万家，施仁布恩。

善善从长，谨言慎行。

莫忘恩师，莫负娘亲。

涌泉跃鲤，王祥卧冰。

积德长寿，积善余庆。

大德修成，福寿驻门。

德行天下，海晏河清。

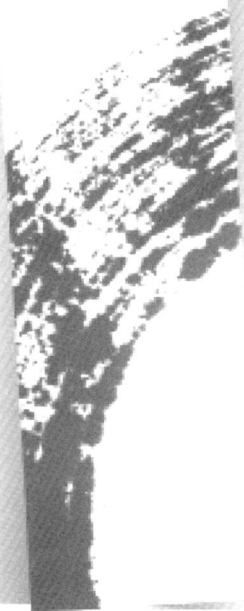

歌词类

中国梦，我的梦

始信泥土有芬芳，

转眼捏成这般模样；

你是女娲托生的精灵，

你是夸父追日的梦想；

让我轻轻走过你的跟前，

沐浴着你童真的目光；

让我牵手与你同行，

小脚丫奔跑在希望的田野上。

呵，中国，

我的梦，

梦正香……

公民道德歌

大哉我中华，

北辰聚众星。

天行健者强，

厚德地势坤。

国是家，勤为本，

俭以养德德润身。

孝当先，义成兴，

闻道有欢欣，

万世开太平。

巍巍我中华，

大道千古津。

温良且敦厚，

修德佑子孙。

和为贵，善作魂，

诚信立身大川行。

礼开路，仁净心，

华夏闻钟磬，

天地之德生。

（受中宣部委托创作，现为北京高井道德讲堂主题歌，

由谢坚强作曲）

公民美德歌

你是水，你是泉，

你是春天的燕，

你是心中的莲。

你是老人床头的一声问候，

你是邻里乡亲的一次嘘寒。

呵，道德的风帆，

你驶向仁爱的大海，

那里有智慧的源泉。

你是爱，你是怜，

你是真诚的意，

你是贴心的暖。

你是孩子眼中的好人雷锋，

你是祖国需要的那唢呐喊。

呵，道德的标杆，

你指向仁义的高峰，

那里有幸福的琼山。

副歌：

煌煌我中华，

文明五千年；

一声大爱归去来，

喜泪落君前。

煌煌我中华，

文明五千年；

处处遍沐圣者风，

真情暖人间。

(为中央文明办《志愿者手册》而创作)

核心价值观四言歌

昔时贤文，诲人谆谆；

承其旧例，谱就新韵。

核心价值，言赅理深。

二十四言，铭刻在心：

首说富强，兴国裕民。

蓬勃活力，本在深根。

五族中华，举世皆尊。

天涯把盏，万众归心！

民主本质，天下邦本。

人性当家，价值追寻。

利益共守，荣誉享分。

家国愿景，不渝遵循！

文明中华，万古留存；

礼仪之邦，内核在仁。

克己复礼，世代相因；

心若灿烂，蓝天碧云！

和谐社会，箫韵琴音；

发而中节，中庸为训。

六尺宽巷，相让古今；

家和邻睦，雨露滋润。

自由无价，规矩是真。

方圆循轨，遵道乃顺。

人法天地，依伦而奔；

从心所欲不逾矩，便是世上逍遥人！

平等权利，尊严在身；

天道循环，缺补于损。

春风普惠，细雨匀浸；

敬人敬己，且歌且吟。

公正在焉，天道无亲；

为人处事，秉持良心。

甘露时雨，不私方寸；

大厦之成，恒与善人。

法治方略，序为精神；

天之明也，日月转轮。

罚不讳强，赏不私亲；

阳春德泽，四海皆春。

爱国道统，达顺脱困；

二人同心，其利断金。

国即吾家，长怀于心；

精忠报国，巍巍昆仑。

敬业虔诚，格物善人；

大禹治水，惠及于今。

朝乾夕惕，夙夜恭勤；

炽忱付出，至贵至尊。

诚信大哉，天道之音；

内不欺己，外不欺人。

存身之道，立国之根；

诚者信焉，一诺千金。

友善至大，明德亲民；

修己利他，共荣共存。

楚国无宝，为善最珍；

仁心义举千秋福，善行养德德润身。

……

十二箴言，中国人心；

万民祥瑞，当以此循。

山高水长，民族精神；

用心体味，倾力躬行。

（受中宣部委托为践行二十四字核心价值观而创作）

嘉兴红船（歌词）

童子念白：美丽杭州湾，湾北有嘉善；嘉善变嘉兴，嘉兴有红船；红船南湖游，天下美名传⋯⋯

小摇桨，逍遥舫，
缕缕烟雨润轩窗。
风问雨，雨问江，
江问岸柳柳问桑；
船影幢幢咿呀过，
南湖心绪何茫茫。

一双桨，十人舫，
百年风雨话沧桑。
风问雨，雨问江，
江问岸柳柳问桑；

红船身影咿呀过，

四海五湖风卷浪。

问风雨，问斜阳，

问断风雨问时光；

百年转瞬成昨日，

阴霾过去是新阳。

问山川，问八荒，

问断时间问秋江。

华夏儿女同奋起，

苦难历尽是辉煌！

童子念白：美丽杭州湾，湾北有嘉善；嘉善变嘉兴，

嘉兴有红船；红船南湖游，天下美名传……

梦回家园

（电视连续剧《乡里乡亲》主题歌之一）

捧一把清泉，润湿游子的思念；

摘一弯明月，映着多情的昨天。

带不走啊，那韶峰顶上茵茵的纱雾，

忘不了啊，上屋冲袅袅升腾起炊烟。

几回回，儿时伙伴牵手银田寺，

醒来但见半轮新月挂天边；

几回回，童声琅琅重温旧时书，

掌声惊觉满堂文武聚眼前。

邀一簇山风，叙说过往的云烟；

走一径旧路，依稀抚摸青涩的少年

放不下啊，那红旗卷起的思怀旧事，

说不尽啊，魂归故道满山啼杜鹃。

几回回，阿婆酿好了香甜米酒，

梦中一碗已忘了战火征鞍；

几回回，山雀儿唤醒晨中晓雾，

方记起旅馆寒灯一夜无眠。

呵，家园，家园，

我儿时的乐园；

呵，家园，家园，

我梦中的桃源。

我愿是一片云、一片帆；

我愿是一只南飞的大雁，

回到你的身边；

我愿是一条辛勤的老牛，

耕耘你绿色的田园！

客从韶山来

（《乡里乡亲》主题歌之二）

第一段：京歌（剧）风格，女主唱；

第二段，湖南花鼓戏风格，男主唱；

副歌：二者杂糅。

（女）您从哪里来？

（男）我从韶山来。

（女）韶山在哪里？

（男）韶山在湖南。

湖南的老乡您可听我言，

北京那故事（它）说也说不完。

您知道东府安胡同（儿）有多宽？

您知道四九城那城根（儿）谁守摊？

您知道故宫殿里龙椅（它）有几把？

您知道颐和园的水上几多船（儿）？

一个"坛"字（儿）坛得老半天——

天坛、地坛、日坛、月坛，还有那五色之土社稷坛！

卢沟桥、马驹桥、朝宗桥、八里桥

—— 一个桥字，桥里究究弯（儿）。

转晕您的头，

看花您的眼。

（白）我说大哥啊！

过街牵着手，

小心莫乱转；

丢了人（儿）、错了路，

那实实在在不是闹着玩（儿）！

（男）你是哪里人？

（女）我是北京人。

（男）北京在哪里？

（女）北京在北京！

北京的妹妹你可听分明，

湖南的老乡个个有蛮行。

你晓得韶山冲石三伢崽他是谁？

你晓得棠佳阁二十三弟系何人？

你晓得佑木匠因何操了剃头刀？

你晓得大阿公为谁护了祖上坟？

一个"韶"字听得你来神——

韶山、韶河、韶峰、韶乐，多情的神话唱着古尧舜！

彭德怀、任弼时、刘少奇、毛泽东

—— 一溜（咯）伟人，都住北京城。

听得你冒汗，

唬得你一惊。

（白）北京妹妹也：

过来牵把手，

城乡一家人；

路太宽、楼太高，

那确确实实搞它砣不清！

副歌：

您从哪里来？我从韶山来，

您到哪里去？我到北京去！

你从哪里来？我从北京来，

你到哪里去？我回韶山去！

白：北京欢迎您！（普通话）

白：韶山也欢迎你！（湖南话）

神奇的韶山

一笛箫声来自娥皇的故乡

千年乡思写就韶乐鸣唱

山泉在手映着岁月的故事

红霞万朵织成圣洁新裳

帝子乘风　脚步溶入夕阳

绿杨树下　紫气润泽东方

牧笛声中那一缕又一缕的炊烟

融入了故园春秋　美好时光

韶乐刚停　山歌却又唱响

游子已去　圣德千古流芳

白云山头那一丛又一丛的杜鹃

浸透了纯真思念　百束心香

一笛箫声来自娥皇的故乡

千年乡思化成多情诗行。

月下独步唱一曲梅雪雅韵

稻菽千重托出大同理想

（副歌）

啊，韶山，一个美丽的地方

花开花落，总吸引世界的目光

啊，韶山，一个神奇的地方

山川壮丽，岁月悠长……

梦中的月亮岛

梦中的小岛水雾渺茫
梦中的水雾风吹柳香
梦中的倩影如诗妙曼
梦中的人儿播种月光

梦中的月光会说故事
梦中的故事温婉漫长
梦中的家园心雨依稀
梦中的乐土蒹葭苍苍……

呵，月亮岛我的姑娘
如烟似梦你宛在水中央
江声拍岸是入梦的吟唱

轻霞若丝是你天仙的霓裳

呵，月亮岛我的情郎

追你天边不弃哟路阻且长。

我愿吹一笛新曲庄梦成蝶

飘飞在你如诗的梦乡……

（为长沙电视台庆祝七一大型晚会而创作，纯美地表现湘江风情。）

我在西九华山等你

饮一杯香茶沁心扉，

听一夜禅诵说皈依；

桃花岭，人面相映桃花红，

留梦河，水流千年梦中意。

鹿鸣声声说往事，

哪月哪年哪世纪，

我一定见过你！

穿一径竹海心已醉，

染一袭霞衣福相随；

寻根楼，根脉相连情相系，

望丫台，曼妙倩影藏心底。

菩萨处处佑今生，

何处何时何归期，

我一定等到你。

千里万里，梦里醒里，

地老天荒，无怨无悔。

只因前世曾有的那约定，

便信今生可续的缘慧；

只因梦中那莞尔的一笑，

便有今日的不弃不离！

我在这里等你，

我在这里等你，

在这里，

等你……

(2015 年 8 月 23 日于河南固始县西九华山)

开慧心里难

（湘剧高腔 《毛泽东在长沙》唱段）

酷暑蒸人似火煎，

转眼风潇逼枕寒。

秋衫几件随君走，

怕拈冬装续梦残。

孤雁天边谁呵护，

夫君几日能回还？

寒衣在手复失手，

心如乱麻倍黯然。

带与不带间，

开慧心里难……

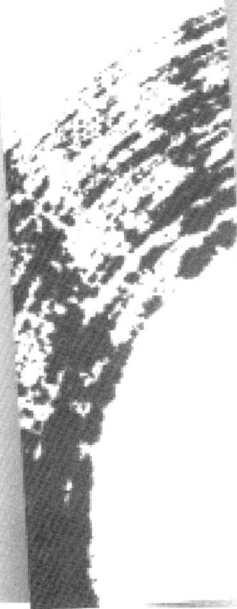

公益类

精忠报国　千古表率

下笔王者风，

男儿脊如弓。

千古为表率，

报国有精忠。

（为天津泥人张彩塑作者董秀峰的"岳母刺字"作品配的诗。中宣部在选定其作为公益广告时，取名为"精忠报国　千古表率"。）

一滴汗　一粒粮

一日不吃饿得慌，

一季不收饿断肠；

手拍胸膛想一想，

节约粮食理应当。

（为河北邱县任广强节约粮食的漫画所配的诗。中央
文明办在发布该幅作品时，取的画名是"一滴汗　一
粒粮"。）

古诗一首贯千年

古诗一首贯千年，
悯农惜福代相传；
餐饭常思锄禾苦，
勤俭之风润心田。

（为河北邱县任广强"节约粮食"漫画所配诗。画面呈现：一只碗里装满了粮食，碗面正面一锄禾老汉在挥汗劳作，画面左边配了"谁知盘中餐，粒粒皆辛苦"古诗。漫画作者取名是"古诗不古"。此诗发表于"中国梦"系列，且制作成各种不同样式宣传和生活实用品。）

手中有粮　心中不慌

惜福积福，

当思五谷；

春种秋收，

一路辛苦。

良心叩问，

可以愧无？

（为河北邱县张爱学"节约粮食"系列漫画作品所配小诗。中央文明办将其作为爱惜粮食的公益广告使用时所取画名是"手中有粮 心中不慌"。）

辛勤换来好日子

镰刀扁担锄耙，

青藤翠叶地瓜，

爸爸妈妈丫丫。

夕阳西下，

快乐人在农家。

(为"中国梦"公益广告《辛勤换来好日子》所配小诗。
原画面是一家人在一起劳动的欢乐场面，画作者为
河南舞阳刘志刚。画种为农民画。)

一个梦境有你我

一份亲情连线牵，

一对耳麦挂两边；

一个梦境有你我，

一打故事说不完。

一帆风顺奔梦去，

一生相伴是福缘。

（这是天津"泥人张"的一个作品组件，画面是一对
百岁老人用同一副耳麦，每人耳中塞了一个在听着，
共同欣赏某个音频作品。中央文明办原拟用来表现
"中国梦，就是百姓梦"这一题材的。但是后来不知
何故将这一组感人画面给换下了，有些遗憾。）

满眼庄稼　满眼希望

何人手笔文章，

将丰收喜悦，

全写在这画屏上。

江山美如斯，

满眼尽风光，

中国梦乡……

（为黑龙江阿城版画家的作品配诗。中央文明办在发布该幅作品为公益广告时，将"绿色田野，满眼庄稼"的画面命名为"满眼庄稼，满眼希望"。其画面正如《希望的田野》所唱的，"我们的家乡，在希望的田野上，炊烟在明媚的春光中飘荡，小河在美丽的村庄旁流淌……"）

和满中华

鹅，鹅，鹅……

童声飘过千年歌。

白羽红爪诗情在，

月色荷塘云影波。

中华福万代，

人心最中和！

（为河南舞阳农民画作者胡庆春、胡浩生的"荷塘放
鹅"所配的一首小诗。中华民族是一个热爱和平、崇
尚自由、追求正义的民族，中华文化是一种真诚的
和平文化，几千年来一直如此……）

黄河　中华魂

黄河之水日边来，
雄风高举奔大海。
波涛书写民族情，
中国福门次第开。

（为气势磅礴的剪纸作品"黄河，中华魂"所配小诗。黄河的这般气派，用来形容当下中国国势再恰当不过了，两者间有着共同的内在雄浑之气，有着英雄般的魂魄翱翔于大地九天之气势。）

锦绣中华 江山如画

秋树艳如霞，

火般年华。

立地顶天苍穹下。

正气浩然何挺拔。

巍峨我中华，

江山美如画。

仁心灿如花，

大德颂尔雅。

（为哈尔滨阿城郭长安先生的版画所配主题诗。原画面丹红如火，给人一种英气勃发的精神劲儿。）

风吹过，云飘过

风吹过，云飘过，

万年风云都读破。

何如铸剑多为锄，

共享太平天地阔。

善良中国人，

中庸最思和。

(为中央文明办拟用来作为"中国梦"公益广告的丰
子恺先生原命名为《天涯静处无征战，兵器消为日
月光》漫画所配的一首小诗。作为公益广告素材时
的拟用标题是"中国人，心向和"。)

桃花照雁归

垂杨绿新岸，

松荫护庭院。

桃花照雁归，

春风写春颜。

中国梦常在，

和谐好家园。

（为中央文明办拟用来作为"中国梦"公益广告的丰子恺先生原命名为《家住夕阳江上村，一湾流水绕柴门》的漫画所配小诗。作为公益广告素材时的拟用标题是"中国梦，和谐梦"。）

劝世歌

人生路上多坎坷，

跌倒爬起先坐坐。

总结经验再努力，

前行路上心气和。

遇挫何须怨命运，

他日重唱奋进歌。

（为丰子恺先生《跌一跤且坐坐》一画所配诗。这是
一种人生态度。谁都会有不小心跌倒的可能，调整好
自己的心态，先梳理一下自己的情绪，明天一定会
好起来。这是咱们中国人自下而上的人生智慧哲学。）

耕读传家

忘不了辛勤的老牛，

忘不了收获的金秋；

忘不了窗前的书声，

忘不了家风的悠久。

忘不了哟，

月色江声共一楼……

（为丰子恺《卖将旧斩楼兰剑，买得黄牛教子孙》漫画作品所配诗。中央文明办将此图配做"耕读传家"内容的公益广告时，是获得了丰子恺家人授权的。本配诗强调的是家风悠久、耕读传家之义。）

中华文明　生生不息

走过了很多地方，

见过了地老天荒。

而今策马回望，

泪水新诗两行：

中华民族根千丈，

历尽苦难又辉煌。

（为丰子恺《劫后重生》漫画作品配诗。在选配这幅
作品时，强调的是"中华文明生生不息"那种"重生"
感。正像我们在初看这幅作品时的感觉一样，认为
丰子恺先生"劫后重生"的那一声感叹，"深沉得能
听出泪水"。）

中华河山　美哉壮哉

春风驿马飞快，

天光云影徘徊。

青山飞瀑深意，

荡我心中尘埃。

感念造物有情，

中华一何伟哉！

（为丰子恺《此造物者之无尽藏也》一画配诗。在选
择其作为公益广告发布时，选取原作"中华河山，美
哉壮哉"之义，故有此命名。）

盛世中华

谁说人生近归岸？

我说盛世日中天。

少养老乐大同梦，

愿作百姓不羡仙。

中华大典相庆日，

再借青春五百年。

（为一组天津"泥人张"老年生活系列作品配诗）

和心传万代

清莲香溢是荷花，

江月照人梦中家。

出淤不染品高洁，

亭亭玉立自清雅。

荷心和意和天下，

和气福瑞满中华。

（为河北蔚县周志旺剪纸"荷花图"配诗。以"荷"喻"和"，是中国传统文化中的常用手法。）

君子喻于义

梅兰菊竹入梦来，

德如清风春满怀。

为君但行天下义，

心底无私明镜台。

（为河北蔚县边树森剪纸作品"梅兰菊竹"配诗。梅、兰、菊、竹一直是中国文人们所热爱崇尚的东西，象征着高尚的德行，这里取其事物秉性罢了。）

仁者种福田

君子德在先，

仁者种福田；

大智明心性，

道义勇为肩。

梅兰香竹菊，

中国梦里妍！

（为一幅彩色剪纸"梅兰菊竹"所配短诗。中央文明办原给定的题目是"君子三德：仁智勇"。）

我愿吹一曲心笛与你共醉

梦中的群山水雾茫茫，

梦中的水雾风吹竹香；

梦中的家园如诗妙曼，

梦中的乐土蒹葭苍苍……

我愿吹一曲心笛与你共醉，

飘飞在你如诗的梦乡！

（为陕西户县农民画作者王文吉的《农村山水》所配
小诗。当时中央文明办在选定其作为"中国梦"公
益广告备材时，取名是"陶醉中国梦"。）

奔腾一路诗

阳光是画师，

花开万里姿。

前程红似锦，

奔腾一路诗。

春风浩荡日，

中国圆梦时。

（为河北蔚县魏鹏的一组（四幅）作品所配小诗。中央文明办原给出的标题是"春风浩荡日，中国圆梦时"。）

融一屋春光

摘一束心香，

着一袭红妆，

剪一墙喜悦，

融一屋春光。

把红双喜贴在窗棂上，

奔梦人心中洒满阳光。

（为某剪纸艺术家的一幅窗花所配小诗，原题为"奔梦人，心中喜"。）

你是我的天地

听得出的呢喃有如天籁，

看得见的亲情恩深似海；

怀抱里的心跳，贴着古老的善良，

春风里的笑脸，写着宗亲的慈怀。

亲一嘴爷爷哟，

亲一嘴奶奶，

你是我的天地，

我是你的未来！

（为天津"泥人张"一组爷爷奶奶与孙子辈孩儿在一
起的作品配诗）

玉笛飞声月中人

玉笛飞声月中人，

丝弦鸣奏华夏情；

喧啾百鸟听春雨，

中华梦里曲曲新。

（为东北某刻纸画家一组《月夜笛声》组图所配小诗，

可惜在最后审查时没有过审，可能是因为画面太过

美俏。）

夜如水，月如钩

夜如水，月如钩，
天韵自风流。
摘束野花香满肩，
许个心愿长相守。
大美如斯中国梦，
拥抱你，
天长地久！

（这是为山西广灵一组剪纸作品所配小诗。一清在2013年底参与中央文明办的"中国梦"公益广告创作过程中，发现有一组来自山西广灵和东北某地的作品特别漂亮、美魅，我们选用了，并且为每一首作品精心配好了小诗。但是，这些作品最终都没有能通过。可惜这里只发表诗，没有办法看到剪纸等作品的原貌。）

神韵自成

皎皎白云

殷殷羊群

天高地阔

神韵自成

神州福地

中国梦境

（拟配的这个公益广告画面，亦是广灵某位剪纸家的作品，画面记载的是天高地阔的大草原，蓝天、白云、绿草、毡包及羊群。原拟标题是"圆中国梦，天高地阔"。）

人在楼香

二八姑娘

豆蔻正芳

心灵手巧

人在楼香

勤劳之家

幸福悠长

（本小诗所配，是广灵某剪纸艺术家的作品。画面所表现的是一位十来岁小姑娘在劳动中的场景，原拟标题是"勤劳人家幸福长"。）

山道弯弯高坡

山道弯弯高坡，

月在树梢絮说：

勤劳人家春早，

兄弟和睦福多！

付出辛劳，

满载收获。

（同是广灵艺术家的剪纸作品，原拟用标题是"付出辛劳，满载收获"。）

落霞醉　梦中山

小康路，枫如丹，

落霞醉，梦中山。

车骑林中从容步，

红叶入诗酒半酣。

黄牛不老英雄步，

梦在前头金灿灿。

（同是广灵艺术家的剪纸作品，原拟用标题为"梦在前头金灿灿"。）

村头阳光

走过冬霜，

越过土墙。

树梢春意新绽，

村头巷尾阳光。

收拾心情

备好行囊，

叫声哥姐

我们种田去了，

那里

　　才是绿色的希望！

（同是广灵艺术家的剪纸作品，原拟用标题是"种田去，希望在那里"。）

圆梦扬帆

雄关漫道卷千岗，
霜晨雁叫起苍黄。
拼将热血开新宇，
战地歌诗赋大江！
遵义城头升红日，
九州新沐满春光。
更问江山谁属予，
圆梦东方看艳阳。

（为山西广灵王增荣先生遵义题材剪纸作品配诗。遵义在中国革命历史中有着重要的地位。烟雾缭绕的小会议室里几天的争论与思考，确立了以毛泽东为代表的新的中央领导班子。遵义是中国革命史上党和军队命运向好转化的一个福地。）

奔梦路上　奋勇争先

骏马秋风征鞍，

山川古道阳关，

雄风壮志云端。

何须扬鞭，

奔梦奋勇争先！

（为"中国梦"公益广告《奔梦路上奋勇争先》配诗。
原画面是幅奔马图。看这些奔马的状态，有一种逢山
开路遇水架桥的精神劲儿。在这里，奔马已经高度
拟人化了，这种"骏马秋风冀北"的状态，让人感
到古道雄风的气势。画作者为山西广灵张多堂。画
种为剪纸。）

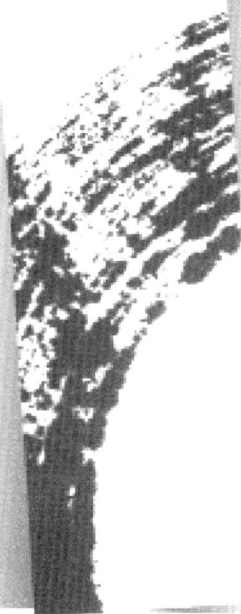

诙谐类

券商歌

说券商往岁喧哗，

歌也千家，舞也千家。

说券商今岁嗟呀，

愁也千家，怨也千家。

曾经的闹市红尘香车宝马，

只不过送黄昏古木寒鸦。

诗也消乏，酒也消乏。

冷落了春风，

憔悴了梅花。

说券商昨日奇葩，

笑也千家，捧也千家。

说券商来日冤家，

想也千家，挤也千家，

看破的股市权力欲望无涯，

只不过讨酬舞愁怨虚华。

亏也消乏，涨也消乏，

嘲拂了秋意，

羞惭了风雅。

为两个生命题诗

题深谷幽兰

（双调·碧玉箫·深谷幽兰）

住在深谷里

终日听小溪，

寂寞难耐哩！

心已伴你飞。

试问阿哥忙啥呢？

哥你太忙添憔悴。

抽时间，

发过伊妹儿回。

嗨，

兰妹儿我想你！

题无名草

（双调·大德歌·题无名草）

俏冤家，

在高崖。

偏那厢修路停中巴。

困在石隙里，

惭愧满脸落泥沙。

一清博上把我夸，

再夸我也开不出啥花花！

（2006年6月云南西双版纳茶山）

一清再为深谷幽兰配诗

一清的《为两个生命配诗》上网后，深为没有表达各种"兰花"的心思而愧疚。今奉上"现代村妇版""都市二奶版""知识女性版"三个版本，相信会相对较全面地反映了"兰花"们的思想情感。

北中吕·朝天子·深谷幽兰
（现代村妇版）

是咱，

兰花，

生来这搭是俺家。

只道你家富得流油洒，

哪想打工一去忘了丫。

茶叶无人摘，

蛾眉无人画，

栖着这枯枝儿心如麻。

负心的，

你在哪旮旯？

牵手小妞哪？

看俺不数着老媒婆骂！

北中吕·朝天子·深谷幽兰

（都市二奶版）

哈哈，

来啦？

要说这搭是俺家。

俺老公他回了香港啦！

听说这阵儿罚跪篱笆。

爬上高枝乐，

笑着找话拉，

再寻个小白脸把我嫁。

咋的哪？

你花我也花，

港币也得花，

奶奶我何必苦守窗纱！

北中吕·朝天子·深谷幽兰

（知识女性版）

斜插，

兰花，

慵自梳头理云霞。

犹记昨夜轩中多情话，

醒时只留半语寄天涯。

君容曾似月，

孤驿梦中家，

杨柳晓风残月试新茶。

自珍重，

恩爱玉无瑕，

归来颂尔雅。

强赛过天子脚下系马！

历代诗人咏博友

诗经·硕鼠·久网腹腔空

（远古·不劳动人民集体创作）

硕鼠真牛，占住我手。

胡侃一天，腰酸背瘘。

既不饭饭，也不管酒。

硕鼠再牛，逝将去毯。

适彼乐土？找个餐楼。

叫声翠花，快上窝头。

[评析] 这首歌唱出了不劳动人民在休闲制度下的悲伤与忿怒。他们把鼠标比作可憎的大田鼠，对其进行了无情的揭发与尖锐的讽刺。而"适彼乐土"之句，

则充分表现了不劳动人民相率而去反抗休闲上网的精神。他们高呼出了"逝将去毬,不做网奴"的高昂口号。但在当今整个社会都是人吃猪的制度面前,哪里有什么乐土?"适彼乐土"只不过是网奴们梦寐以求的幻想而已。作者最后"找个餐楼,快上窝头"的理想不够远大,有些消极,明显地带着时代的局限性。

乐府·"踩一踩"族

博上有网癫，
打死不留言。
天天来踩踩，
保你能赚钱。
踩踩复踩踩，
钱也不见钱。

2006 年 8 月

双调·水仙子·网友秘密

写个留言提个醒,

发个评论落个名,

Q张ＰＰ过个瘾。

设个博铺自吆喝,

加个链接好串门。

网上嘻哈事,

为文满嘴贫,

都在折腾。

（元代徐再思《双调》仿作）

2006 年 8 月

分骨肉·酸酸话

短信一点路八千，

把自家隐私，

齐来抛闪，

恐瞒了美颜。

告心肝，

休把俺悬念，

自古缘分皆前定，

网遇倍缠绵。

从今分两地，

各自要惦念。

"奴来也！"

"好讨厌！"

（白："小样儿！"＾_＾）

（清代曹雪芹《分骨肉》仿作）

2006 年 8 月

仙吕·解三酲·自嘲

（当代·一清）

奴本是政府大股长，

怎生的流落在这厢？

对人前乔着款模样，

背地里喝点寡菜汤。

网友圈里起妖蛾，

键盘缝里梦黄粱。

甚荒唐，

脖子危险头发光，

咋就这般儿凄惶？ ^_^

2006 年 8 月

历代诗人咏企博

(一清梦中获一奇书,属苇编竹简,细看隐约有"企博"名录,依稀可见何一兵、青青草、冰笛、云野、点万之名,且自诗经以降至痞子蔡一清薛蟠体,诗词曲赋,无一不全。一清好奇,待要细读,猛听得断喝惊堂:"板砖伺候,哪里逃!"吓得梦醒,只记下数首于后,将其整理评点,以飨诸友——)

咏企博网

网、网、网,

企博有蛮旺。

白天网黑夜,

父困唤儿上!

（唐代骆宾王《咏鹅》仿作）

173

[提示] "网"乌昂切，去声，发声如 3 个月 ±5 天的小土狗发出来的"旺！"＜"旺！旺＜！"的声音，要清脆，要有爆发力。读这首诗时，你不妨按此模仿一下后再读，立马感到效果倍儿好。

2008 年 9 月

十月四日风雨大作咏

醉卧企博不自哀，

尚思馆饼掉入怀。

晨来静听风吹雨，

梦中只喊上网来。

（宋代陆游诗仿作）

2006 年 9 月

江城子

少年聊发老夫狂，
键盘忙，鼠标响；
绞尽脑汁，
想凑好篇章。
为报知音何掌柜，
红颜多，看苏杭。

睡眼朦胧尚开张，
鬓若霜，便剃光！
持卡银行，
企博腰身壮。
台前台后一身喊，
赢利日，无相忘！

（宋代苏轼词仿作）

2006 年 9 月

中吕·红绣鞋·博友互逗

挨不着靠不着网上同坐，

偎不着抱不着互相唱歌。

听着数着乐着骂着四更过。

四更过，瘾未足，

想那红颜多婀娜。

哇噻，

后台一点，

原是个蛤蟆哥。

（元代贯云石曲仿作）

2006 年 9 月

五毛党之歌

大爷俺就是五毛党，

这名儿真叫一响亮，

五星旗下我长成哟，

毛主席思想是武装。

……

经过风，历过雨，

捉过妖，打过鬼；

嘟格嘟格嘟格里，

嘿！嘟格嘟格嘟格里。

风神雷电俺就杵这里，

一身披挂好稀奇。

键盘手机还有笔

冲锋陷阵在网里。

谁敢灭我中华志，
大爷俺脾气急，
肯定修理你……

大爷俺就是五毛党，
这名儿真叫一响亮
五星旗下立过誓哟，
毛主席思想是武装。
……
打"公知"，捉"内鬼"
卫国家，树正气。
唧格唧格唧格里，
嘿！唧格唧格唧格里。
风神雷电俺就杵这里，
一身正气担道义。
自带干粮出工去，
锄头扁担全自备！
谁敢毁我中华业，
大爷俺脾气急，
肯定收拾你……
唧格唧格唧格里

唧格唧格呀唧格里

唧格唧格唧格里

唧格唧格呀唧格里

嘿，嘿嘿，嘿嘿！

唧格里！

词赋类

脱发赋

小序

青青头上草，原来是个宝。二十厚密，三十油软，四十见稀少；五十莫提头，提头跟你吵；六十以数论，七十寒冬草；八十如初生，全然没有了！噫，原来生不带来，死不带走，轮回转世，你已然得了道。好！

夫头发兴衰也者，胎毛初兴，继生嫩发；嫩发转青，青而添杂；杂中有白，白后光滑。日月如梭跑，时光好肃杀。冬去春复来，发少更无法。顶门告急下求援，地方敬贡中央啦！最恼春天桃花汛，雨罢涂出印象画，哪是丝来哪是发，不衣肉球自浣纱！天色向晚不知晓，灯泡般，亮度超过一百八！唉呀呀，唉唉呀，叹惜之声惊巷犬，一头如灯误林鸦！

[转调] 伤心事，操心汉，官大无鬓也难堪。本个是热血好儿男，到如今，活脱脱更像剥皮的蛋。（好不令人伤心也，

183

好不令人伤心也！）悲来却难说，心曲千万端，夜深忽梦少年事，发如钢丝冲破冠。而今钢丝安在哉，中秋刚过脑门寒……

[双调] 时人个个盼当官，位至高岗难有闲，苦了自个寝难安，青丝儿要留料也难！酤酒三杯醉，无发尚有天，笑诺一声"上酸菜"，邀俩哥们加餐饭！

(2007年于长沙市望月湖3片22栋湖南文艺出版社宿舍)

新岳阳楼记

国梦元年,吾经岳阳。有学政戏索新记,无以复。范文在悬,古今敢自寻羞者鲜矣。明年,旧地重游,略有洞见,愿与闻之。

名楼者,名人名言之荟也。若以阁宇雄危论,比当下公廨华邸,诚社庙之制矣。然自都督阅兵,垒台成楼,越千年,历兵燹,屡以重建,愈见雄嵬,是世人不忍于文脉烟毁也。

巴陵胜状,在洞庭一湖,此言妙极。或拟湖如镜,更含幽意。镜者,鉴也。所鉴者何?天地人心也。考唐清以来,李家天下、赵氏江山,凤阳洪武、盛世康乾,曾何驾至此?名楼大记,人君鲜少不阅;风雅庸附,帝心无有不爱。何独忘于岳阳楼者耶?吞江衔山,霸气何雄?皓月千里,胸襟何阔?正可面宗庙悯苍生布天下。然霓旌每以绕道,何也?唯百姓天天,入进年年,成千累万,拜谒于前,亦何也?盖忧乐二字使然。民忧君以祈国福,上乐玺以衷代传。若果登楼面壁,竟作何言?

嗟夫!一文以兴百世,以却人君,是范公所疏也。今之公

185

仆，洛阳不往、庐山不住，祟念若此，何以为公天下、进退在民？由是观之，民贵君轻先师理，千古一湖鉴人心。是斯楼永存所然者矣。信乎？时三年六月十六日。

(2015 年于长沙一清府)

明华楼记

国梦四年春分，往访巴陵，雨如注，未上名楼，先登明华楼。此后天漏洞开，竟昼无停，终不得寻味范公文墨。

是日凭窗，云霭蒸天，潋意浓甚。圣安古寺，钟声如缕；南津港渡，杨柳依依。吟风之季，与友听雨洞庭。观大涛拍岸，看落英满城。稍久，有客肃然，而念乎偃虹堤外，舟船何系，渔翁何忙？主人笑诺，多虑矣！今之业者，弃水登岸，远蓑笠近市井久矣。今我楼内婚庆金主，多有其子孙后裔者，莫可辨识。先生念怀之忧，纯远遁旧事也。

戌时许，华灯初上，一城晶透。渐闻堂中宾客稍少，已而丝竹袅弱，楼中侍者，整妆盘业。主人乐乎金进盈斗，喜溢心头。觥筹间自叙身世，众客始知楼主忠明，乃本地人氏，少顽而聪，及长，有侠义心。常助人以解困厄。今闻客自京来，礼颇周全，继识其乃天安门诗画之人，欢喜尤甚。醉醒之间，感念天雨无私，广润众生；草根如斯者，终获有成。此诚天不负有心之人，人不欺有志之身耶！市民争此设宴，以结同心，乃取吉祥地、人丁兴、事有成之意蕴者矣。

江南多胜景，岳阳天下闻；昔有文斗双记，今有明华之成。幸甚，喜甚！时四年三月。

（2016 年 2 月于长沙一清府）

慈恩阁志

国梦三年,乡官捎言,谓月田老屋,有妨观瞻,祈原址重建,并许千金襄偿之诺。环顾周户,新厦轩昂,比势自雄。而独吾宅,檐墙低矮,尘泥妆面,路人窃哂以过。

是秋将拆,盘桓既久。抚砖瓦梁栋,无不深内父母笃意。曩昔铁山蓄水,子女行键于途,慈不忍耽搁后辈,躬自筹措辛勤,数月屋成。讵料千年钟响之际,慈染疾嗝血,盖因操度所至。入湘雅半年余,方得永命。后八年,父寿渐罄,养颐于此。又四年,仙逝。设堂奠祭,乡邻德报,灵伍数里绵延。追念缘荫,盖此舍之功德积焉。尔后慈不长住,庭院稍有荒疏。忆立基迄今,忽忽廿载矣。瞻顾庭阶,涣然泪湿。

若果勘考基址,原在西南百步处。溯之畴往,更是异乡十里胡家山者。母慈姓苏,讳冰玉。自入童第,孝友持家,而心思有异时人。慈育子女三,诵书向学,可圈可期。而虑及山高地塞,恐碍前程,毅然移迁于月田镇街,厚冀龙门之跃,以光祖楣。此后果应其见，乡邻无不夸赞。

慈率家居此，可喜亦有可憾。先习医方，复练纫术，刈草喂豚，鬻梨贩布，奔走周遭村乡，薄酬以贴家用。虽未敢言富，毕竟阖家共爨，欢欣满溢。时值文革，有新规哨示，户丁准一升读。山东已在高中，则山西黉路有阻。慈忧急如焚，四下托拜，终为平江四中收纳。某夜，半墙月影，西误识为曦，黉急赴学。慈猝醒床空，一路泣走，至南江见小女埋头几案，遂破涕成笑。感念历历，不胜唏嘘。时山岳尚幼，慈呵拂有加，愿天下怜爱聚于身者。后数年，儿女媳婿各成学业，自有文锦。婚嫁嗣子，天赐聪辈：有燕、维、馨、亦四姊。慈长念神佑，寸心可鉴。惜乎严父早殂，未及晤满孙甜靥，略憾。然天下事，鲜有完美臻极者。

呜呼，旧居终不存矣！历经年付出，新宇翼立街衢，是弃旧图新之象。基台高筑，碧瓦灰墙；临街五重，西辟院墙。慈泽深厚，霈然无疆。伏以"慈恩阁"命之，以纪懿德家风，以期内睦道昌！

（2017 年 2 月于岳阳县月田镇大兴街旧宅）

普洱茶赋

松风入户，鸣虫倦唱，推窗对月，讶然异香氤氲，遥若天际，其味曾识如友。于焉披衣，循而往访。有茶院庭扉半掩，雅客三五，薰薰然如入云境。杂有丝竹漫盈，书香与伴。

主持揖而笑：雅趣无改，宁饮陈香乎？今众友品尝古树新芽，而清韵无知，误氤书院，君踏月到访，可予共茗之赐？于是，青饼开汤，壶盏叮鸣，松竹兰荷，浸润庭除。客有为文者，歌杜诗《啜茗》①之章，吟苏词《佳人》②之篇，八巡入肠，宏论开阔。夫普洱者，惟醇、和、怡、静为宗。醇者，纯也，茶马古道，肇端于原始雨林，沐古风仙露，承天雨樟风，醇纯若此，世无二土；和者，合也，阴阳守衡，保合太和，正山③之出，龙凤佳制，阳护神功，阴养胃津，斯之谓也；怡者，悦也，诸友把盏，移山川木石于炉前，赏翠林红壤之和气，品天下诗书于茶韵，怡乐无边，益寿延年；静者，禅也，释佛悟道④，茶禅一体，品茗入静，慧聪及于高远，佛心缘于性灵。

此四者,茶中真谛也!普洱名天下,味酽香浓,而子独饮风饼,孰中深意可与闻乎?

汉肃然。书有书品,茶有茶道。今蒙君一言,豁然得悟。汉饮茗经年,于陈韵中细赏樟清荷味⑤,循茶香追思先人足迹,越代穿年,苦中寻乐。惟普洱一杯,涵溶千年,承朝纲桑变之曦霞,浴时空更替之鲜露,回甘绵氲,百代鲜爽,此非陆圣至妙之境耶⑥?汉尝自喻养性修身,乃学界童功,故不敢寻重味、饮青饼。今闻春芽异香,又聆高士雅辞,始识普洱茶禅,酽淡之间深涵入世之理。陈香尤温情,青茗自高洁。先知紫阳中庸之道得悟于品茗之后⑦,我辈于茶喻理,醒悟迟矣!

主持笑而躬揖,呼取陈年紫芽,洗盏更汤,众客皆欢意。始而肌骨清,继而通仙灵⑧,蓬莱终归何处,清风探看殷勤。亦不知东方之既明。⑨

(2006年10月于长沙岳麓千年茶院)

注释：

① 《啜茗》之章，杜甫诗：落日平台上，春风啜茗时，石阑斜点笔，桐叶坐题诗。

②苏词《佳人》篇：仙山灵雨湿行云，洗遍香肌粉未匀……戏着小诗君一笑，从来佳茗似佳人。

③正山：云南有四个地州产茶，其中西双版纳州勐腊县之易武谓之普洱茶之"正山"。正山即易武。

④释佛悟道：传说释迦牟尼佛的弟子达摩尊者静坐悟道，不意却睡着了。尊者十分懊恼，当即割下自己的眼皮，没想到"噗"的一声，刚刚落地的眼皮就变成了一棵树，达摩取树叶泡水喝，从此再也不会在静坐时瞌睡了，这棵树就是"茶"。

⑤陈年普洱中，可以品出樟香、清香、荷香。这是因为古茶树生植在原始雨林中，旁边生长着各种香型的树木，吸收了各种树香的茶叶，会在陈化以后的茶汤中将其香味释放出来。

⑥陆圣：指茶圣陆羽。陆羽为唐代人，自幼在禅师的抚育下习诵佛经，并为禅师煮水烹茶。有《茶经》一书问世。在谈"茶之饮"时，感慨"天育万物，皆有至妙"之境。

⑦"先知紫阳"即最早来岳麓书院主讲的大儒朱熹。朱熹字无晦，号晦庵，别称紫阳。一代宗师朱熹嗜好

品茗，主张以茶修德，以茶明伦，以茶寓理。他在陆羽《茶经》中所提"和"的哲学基础上，悟出了"中庸之道"的理学精髓。在《朱子语类·杂说》中，朱熹谈茶论理，通过饮茶品茗的过程来阐述"理而后和"的茶道要义，认为只有"行之各得其分"，才能真正理悟到"至和"的甘甜和怡悦。

⑧诗出自唐代诗人卢仝颂茶诗。引自日本冈仓天心著《说茶》。

⑨本篇虚托岳麓书院院长朱汉民口气而作。"茶院"即岳麓千年茶院。

烟花颂

（为第十届浏阳烟花节大型演出而创作）

（女）火之彤，水之琼，山峥嵘，月朦胧，烟花一簇三千丈，天地八方飞雨红；

（男）声如雷，翼如虹，烟似霓，气若钟，万束齐鸣天穹上，长空百万惊飞鸿。

（合）花炮之乡星如雨，李畋故里画屏中，十届庆典浏阳风。

（女）浏阳风，浏阳颂，浏阳烟花千年的梦。

（男）浏阳的烟花炫天下，浏阳的故事写长空！

（合）歌如潮，觥筹融；烟如诗，花舞空。长歌一笛啸天下，和谐社会庆大同！

（2013 年于海南三亚）

三妙轩志

三妙轩者，去红尘不知几万里也。曾有道者适访，但见鸣鸟应和，古木清逸。山林阡陌之间，二王起舞，龙蛇奔走；赵董欧智，墨香八方。有笑若弥勒者，耕耘于黑白点线间。瘦笔俊雅，遗魏晋之风；结体雍容，承唐宋韵致。道者趋诺，转瞬影无。而淡墨新芬处，精神宛若，道德文章。新人银钩骨劲，笔力端庄，瘦润清肥，稔然指掌。其形其神其德，独获妙悟。道者醒觉。三妙轩者，心室也。

（2008 年于长沙一清府）

对于《三妙轩志》的创作，2008 年发表于网络时还有一个序与跋类的文字，命之为《三妙轩志》出炉，一并呈之于后：

博友怀远先生委托一清为他的"三妙轩"写篇赋文。

估计怀远先生是受了一清博文里太多长歌短句的诱惑，其中还包括《脱发赋》之类，便以为一清定能为赋，且能将他的"三妙轩"写得让人生出羡慕。

看了怀远先生的博文和字墨，觉得这人有些了得。三杯下肚，胆壮起来，微醺中似醒非醒，仿若道者驭风仙访。既识二王赵欧，亦睹启老躬耕，更见新人鼎礼。醉意尚在，落笔成文，也还句顺，且暗合了先生的字数要求。

蒙怀远不弃，一字未更，书成中堂，这作品因了书家的笔意，便立时鲜活起来。今将先生书作一并呈上，博诸位一览，也是雅事。只是觉得怀远先生功力造化，远在一清之上，愧之复亦喜之。

三代书香志

上溯千年，追之远古，有越乎儿女情重者乎？人之为父母，先必做儿女；儿女为儿女之父母，父母为父母之儿女，薪火传承，百代繁衍。儿时荒诞，掐园中新果为戏，不亦乐乎；女儿降生，以藏父之急用为乐事，竟获欢吻。天之乐，天伦之乐！

吾蒙世祖荫护，柳青时节，家燕山西飞来，温馨蕙梁，祥瑞影随。曾识伴病，燕儿乳齿未更，而贴于颈，断督就医，其态之毅，足以动天地。弱冠，东瀛试琴，英邦远足，归时馈派，祖父母各有所得，抚心慰意，珍胜城国。燕儿成长，为父日有所记，文案几近身高。祖父诗词，更有佳韵叠出。今录数篇于后，以志三代书香——

燕归来·家燕孙汤饼之庆，会宴于省委宣传部

柳絮卷，岳云飞，佳句出香闺。风和日丽燕重归，声暖画堂西。

王氏槐，窦氏桂，品苗壮，唯宝树。筵开汤饼众扬眉，伫待凤鸣时。

七律·喜家燕孙获奖 观中央电视台转播湖南省青少年音乐大赛吾家燕孙获奖激动不已

获奖家儿一小童，歌喉方展振霜锋。一身稚气鸡中鹤，八佾清商雪里鸿。艺熟赖沾时雨露，文成承发旧时风。共看演技心潮卷，一夜欢欣五处同。

七律·得家燕孙由日本归所赠礼物后感赋

东归馈物按需分，娇嫩童心思不群。打火机燃灯闪烁，漆桃梳理脑清新。非歌洋货精工艺，惊服佳孙细腻情。面向家山舒一笑，凤毛济美过先人。

江城子· 病中家燕孙看望以其译酬惠我有感

吟丸桂馥雁风柔。月如钩，思难收。记得降生，记得辫垂旒，记得匆匆黉路影，终脱颖，出谭州。

峥嵘年岁贵同鎏。驾东舟，走西欧，京师肄业，译著彩云绸。此处花开江淹笔，鸿鹄志，凤池头。

六十字小传自寿花甲

　　一清，湘人也，宗谢族，而独姓以一，世奇之。初，赴考，零分满分同获，世亦奇甚。路行尚顺，花甲仍贩字，志也。官家念允，可乱涂乱画于举国围墙，以助谋稻粱也！

（2016 年 3 月）

　　注：本《六十字小传自寿花甲》在发表的同时，邀请了何满宗、司马南、司马平邦、周兴旺、怀远、吕梁远、刘世勤等书家书创成艺术作品，在网上晒出后，反响很好。

六十字小传寿何满宗花甲

　　满宗姓何，湘人之擅书者。有九嶷古风，故常用险笔。曾牧鹅，以观态，得诗曲数束，与茶酒同煮，获荷风穿堂之效，快哉！喜垂钓，而钓无钩，路人哂之："愚甚矣。"笑。

(2016 年 4 月 23 日)

　　注：《六十字小传自寿花甲》发表后，各位书家捧场，书创了很多好的作品。湖南省书法家协会主席何满宗先生是一清好友，也希望能有小传一篇，以纪花甲之寿，故有此篇，权当戏作。